0. JAN 02		

D1492691

HANES

BENDA BYNNI

HANES

BENDA BYNNI

GAN

BEATRIX POTTER

(Sef "The Tale of Benjamin Bunny,"
wedi ei throi i'r Gymraeg)

FREDERICK WARNE

FREDERICK WARNE

Penguin Books Ltd, Harmondsworth, Middlesex, England
Viking Penguin Inc., 40 West 23rd Street, New York, New York 10010, U.S.A.
Penguin Books Australia Ltd, Ringwood, Victoria, Australia
Penguin Books Canada Limited, 2801 John Street, Markham, Ontario, Canada L3R 1B4
Penguin Books (N.Z.) Ltd, 182–190 Wairau Road, Auckland 10, New Zealand

First published as *The Tale of Benjamin Bunny* 1904
This edition first published 1948
This impression 1986
This translation copyright © Frederick Warne & Co., 1948, 1979
Universal Copyright Notice:
Illustrations copyright © Frederick Warne & Co., 1904
Copyright in all countries signatory to the Berne Convention

Printed and bound in Great Britain by
William Clowes Limited, Beccles and London

I blant Sawrey oddi wrth
yr hen Mr Bynni

UN bore roedd cwningen fach yn eistedd ar ben clawdd. Cododd ei chlustiau a gwrandawodd ar glip-clop, clip-clop merlyn.

Roedd cerbyd yn dod ar hyd y ffordd. Morus Huws oedd yn gyrru, a Meistres Morus Huws yn eistedd wrth ei ochr â'i bonet orau am ei phen.

CYN gynted ag yr aeth y cerbyd heibio, llithrodd Benda fach y gwningen i lawr i'r ffordd, ac ymaith â hi— gyda hwb a cham a naid—i alw ar ei pherthnasau oedd yn byw yn y coed y tu ôl i ardd Morus Huws.

COEDWIG yn llawn o dyllau cwningod oedd honno; ac roedd Modryb Benda yn byw—gyda Fflopsi, Mopsi, Cwta Wen a Pwtan—yn y twll mwyaf destlus a thywodlyd o'r cwbl i gyd.

Gweddw oedd yr hen Feistres Cwningen; enillai ei thamaid trwy wau menyg-heb-fysedd a menyg hir o wlân-cwningod (prynais bâr mewn basâr unwaith). Hefyd gwerthai lysiau a the rhosmari a baco-cwningod (a alwn ni yn lafant).

DOEDD fawr o awydd gweld ei Modryb ar Benda fach.

Daeth o'r tu cefn i'r goeden-ffawydd, a bron syrthio ar ben ei chyfnither Pwtan.

EISTEDDAI Pwtan ar ei phen ei hun. Roedd hi'n edrych yn wael, a gwisgai hances-poced gotwm goch amdani.

"Pwtan"—meddai Benda fach yn isel—"pwy aeth â'th ddillad di?"

ATEBODD Pwtan—
"Bwgan-brain sydd yng ngardd Morus Huws", a dis-grifiodd sut y rhedodd hwnnw ar ei hôl o gwmpas yr ardd, nes iddi golli ei hesgidiau a'i chôt.

Eisteddodd Benda fach wrth ochr ei chyfnither, a dywedodd wrthi fod Meistr Morus Huws allan yn ei gerbyd, a Meistres Morus Huws hefyd; wedi mynd am y diwrnod mae'n siwr, oherwydd roedd hi'n gwisgo ei bonet orau.

ROEDD Pwtan yn go-beithio y byddai'n bwrw glaw. Yna, clywsant lais yr hen Feistres Cwningen yn y twll-cwningod, yn galw—"Cwta Wen! Cwta Wen! Ewch i nôl ychwaneg o Gamomeil!"

Dywedodd Pwtan y teimlai'n well hwyrach wrth fynd am dro.

AETHANT ymaith law yn llaw, nes dod at ben isaf y coed a sefyll yno ar ben y wal. Edrychent i lawr oddi yno ar ardd Meistr Morus Huws. Gwelsant gôt ac esgidiau Pwtan yn blaen am y bwgan-brain, ac roedd hen dam-o-shanta Meistr Morus Huws ar ei ben.

"MAE gwthio dan lidiart yn difetha dillad pobl; dringo i lawr un o'r coed gellyg yw'r ffordd iawn i fynd i mewn", meddai Benda fach.

Syrthiodd Pwtan i lawr ar ei phen; ond ni hidiai, oherwydd roedd yr ardd oddi tani newydd gael ei chribino ac felly roedd yn reit feddal.

ROEDD letys wedi'u plannu ynddi.

Gadawodd y cwningod ôl eu traed dros y gwely i gyd—ôl-traed bach digri, yn enwedig rhai Benda fach oedd yn gwisgo clocsiau.

DYWEDODD Benda fach mai'r peth cyntaf i'w wneud oedd cael dillad Pwtan yn ôl, er mwyn iddyn nhw gael defnyddio'r hances-poced i rywbeth arall.

A dyna nhw'n eu tynnu i ffwrdd oddi ar y bwgan-brain! Roedd hi wedi bod yn bwrw glaw yn y nos; roedd dŵr yn yr esgidiau, ac roedd y gôt wedi tynnu ati tipyn.

Ceisiodd Benda roi'r tam-o-shanta am ei phen, ond roedd yn rhy fawr iddi.

AC yna roedd am lenwi'r hances â nionod i'w rhoi yn anrheg fach i'w Modryb.

Doedd Pwtan ddim i'w gweld yn mwynhau ei hunan; daliai hi i glywed sŵn pethau o hyd.

AR y llaw arall, roedd Benda yn gartrefol dros ben yn bwyta deilen letys. Byddai'n dod i'r ardd gyda'i thad bob Sul i gael letys i ginio.

(Enw tad Benda oedd Meistr Ben Bynni'r Hynaf.)

Yn wir, roedd y letys yn rhai ardderchog iawn.

DOEDD Pwtan yn bwyta dim; dywedodd y carai fynd adref. Toc, collodd hanner y nionod.

DYWEDODD Benda nad oedd yn bosibl mynd yn ôl i fyny'r goeden gellyg, gyda llwyth o lysiau-gardd. Cychwynnodd yn ddewr i ben arall yr ardd. Aeth y ddwy ar hyd ffordd gul dros blanciau dan gysgod wal o frics coch yn llygad yr haul.

Eisteddai llygod ar bennau'r drysau yn cracio cerrig-ceirios, a dyna nhw'n wincio ar Pwtan a Benda Bynni fach!

YMHEN tipyn dyna Pwtan yn gollwng yr hances-poced unwaith eto.

39

DAETH y ddwy i ganol potiau-pridd a fframiau a chasgenni; clywai Pwtan fwy o sŵn nag erioed, ac roedd ei llygaid gymaint â lolipops!

Cerddai ryw gam neu ddwy o flaen ei chyfnither, ac yn sydyn safodd yn stond.

A DYMA beth welodd y cwningod bach hynny ar ôl iddyn nhw droi'r cornel!

Edrychodd Benda unwaith, ac yna cuddiodd ei hunan, Pwtan a'r nionod o dan fasged fawr, a hynny mewn hanner munud llai nag eiliad . . .

CODODD y gath i fyny ac ymestyn ei choesau a mynd i arogli'r fasged.

Hwyrach ei bod yn hoff o arogl nionod!

Beth bynnag, eisteddodd i lawr ar ben y fasged.

EISTEDDODD yno am BUM AWR.

. . . .

Ni allaf dynnu llun Pwtan a Benda o dan y fasged i chi, am ei bod yn hollol dywyll yno ac roedd arogl y nionod yn ddychrynllyd; gwnaeth i Pwtan y gwningen a Benda fach grio.

Daeth yr haul allan o'r tu ôl i'r coed, ac aeth yn hwyr yn y prynhawn; ond dal i eistedd ar y fasged wnâi'r gath!

OND o'r diwedd, dyna sŵn—pit, pat, pit, pat—a syrthiodd darnau o galch o ben y wal.

Edrychodd y gath i fyny a gwelodd Meistr Ben Bynni'r Hynaf yn cerdded yn sionc ar ben y wal uwchben.

Smygai getyn o faco-cwningod, ac roedd ganddo wialen yn ei law.

Roedd yn chwilio am Benda.

DOEDD gan yr hen Feistr Bynni feddwl o gwbl o gathod.

Rhoddodd glamp o naid o ben y wal hyd at y gath, a gwthiodd hi i ffwrdd oddi ar y fasged, a'i chicio hi i'r tŷ-gwydr, gan dynnu llond llaw o flew.

Synnodd y gath gymaint fel na ddaeth hi ddim yn ôl.

RHODDODD yr hen Feistr Bynni glo ar y drws ar ôl gyrru'r gath i mewn i'r tŷ-gwydr. Yna daeth yn ôl at y fasged a thynnodd allan ei blentyn Benda gerfydd ei chlustiau, a'i chwipio hi â'r wialen fach. Yna tynnodd Pwtan allan hefyd.

YNA cymerodd yr hances-
poced yn llawn o nionod, a
cherddodd allan o'r ardd.

PAN ddaeth Meistr Morus Huws yn ôl ymhen rhyw hanner awr, sylwodd ar amryw o bethau rhyfedd nad oedd e ddim yn eu deall o gwbl. Edrychai fel pe bai rhywun wedi bod yn cerdded dros yr ardd mewn clocsiau—ond bod olion y traed yn rhy chwerthinllyd o fach!

Doedd e ddim yn deall ychwaith sut y gallsai'r gath ei chloi ei hun i mewn yn y tŷ-gwydr a chloi'r drws o'i hôl o'r tu allan.

PAN gyrhaeddodd Pwtan adref, maddeuodd ei mam iddi, gan ei bod mor falch iddi ddod o hyd i'w hesgidiau a'i chôt. Plygodd Cwta Wen a Pwtan yr hances-poced, a chrogodd yr hen Feistres Cwningen y nionod i fyny yn y gegin, gyda'r bwndeli o lysiau a baco-cwningod.

Y DIWEDD